九疑集

真文与副墨

贾勤

上海文艺出版社

目 录

代序 / 张定浩　　　　　　　　　　　　　　　*001*

卷一

迷宫中的将军　　　　　　　　　　　　　*005*

8 × 8

卷二

玄首九歌　　　　　　　　　　　　　　　*073*

9 × 9

代 序

张定浩

当代汉语诗人亟需拓展的,是他们各自可怜又贫弱的词汇量。这种贫弱自有其历史原因,如郑敏所指出的,长期"我手写我口"的白话汉语,词汇量已降到历史最低点。也正是这种根植于内部的贫弱(而非外部不断变化的时代环境),才使得诗人渐渐沦为一种公众生活中的观赏物,和情绪刺激物,而无法成为一个民族的教育者。

而词汇量的丰厚又不同于辞藻的华丽,正如奥登和十三卷《牛津英语词典》的关系不同于新古典派和唐诗宋词的关系。后者对待词语的态度仅仅是工具性的,他们掠夺那些典雅词语为己所用;而前者,奥登,那个翻烂了一本又一本大词典的诗人,他会自认是"语言学夫人"的追求者,而这位夫人拥有的每个词语都是平等的,都通向一个更为广阔的他人的世界。

在这个意义上，我愿意将贾勤视为奥登在中国最为隐秘的同行，套用布罗茨基对奥登的称赞，我愿意说在《九疑集》中，我看到了唯一一个有资格把《说文解字》当坐垫的当代汉语诗人。但借用《说文解字》并不意味着《九疑集》仅仅是某种复古的产物，只能表明当代汉语世界在词典编纂领域的某种缺失，事实上，《九疑集》乃至贾勤更多的诗歌所呈现的那个世界，是和我们这个时代诸学科的整体发展相呼应的，一个生生不息、刚健有力的整体。

洋溢在《九疑集》中的，是天马踢踏的六音步诗行和简净迅捷的四言词组之间的对舞，每一行诗都是词语的迷宫，新旧雅俗对冲，古今中西交错，三教和九流合樽促席，哲学与科学相视一笑，是游戏也是百科全书，是神秘主义浑茫的祷歌也是博学深思者寂寞的探索。

贾勤自己有言，"写作是要回向于所有死去的作者"，这些死者不单单只是诗人或作家，而是包括一切基础学科的写作者。这巨大的野心必然带来巨大的困难，如他自己在诗中所写：

我还是偏爱一切基础学科中的那种困难
它们使人平静无能绝望使人忍受平常心
走运之时却又能引领你抵达无尽的前沿

——玄首九歌·79 难

就诗歌这个领域而言,这无尽的前沿就是一本浩瀚的词典。而诗歌的使命,不过是唤出母语世界中那些分散在各处的词语,将它们的声音吸收和汇聚,重新组合成奇异的音乐,再让你听到。

卷一

迷宫中的将军

——南美五行颂

献给

美洲圣雄

玻利瓦尔（Simón Bolívar）

癸卯 1783 狮子座～1830

作家中的作家

马尔克斯（Gabriel Márquez）

丁卯 1927 双鱼座～2014

我生命中的小小火焰

雷娜·玛丽亚·路易莎（Rena Maria Louisa）

丁卯 1807 金牛座～1903

翻译家舟山王永年先生

丁卯 1927 双鱼座～2012

林暗草惊风　将军夜引弓

平明寻白羽　没在石棱中

河中卢允言纶

己卯 739～799

0 坤 000000

没有舞伴没有音乐
甚至于根本就没有那样的夜晚
但也不可能影响他跳舞
那首华尔兹在脑海中循环
直到太阳重新照亮了世界

1 剥 000001

如今 一首歌替代了呼吸
那只能是流水的声音
那种深情哀伤幸福的三重奏
正是在爱也无法驻足的地方
升起了一轮新月

2 比000010

而重读是残忍的背叛
世界已不再是情人们的舞台
永恒的面纱在业风中飞动
这爱也曾经创造过伟大的病人
在一切春天里荡起双桨

3 观 000011

而我从来不能为你一个人写作
完整的作品意味着轮廓的丧失
对称中的结构并非同行者的借口
夸克仍然在禁闭中享乐
双核运行的生活一再被嘲弄

4 豫 000100

也许并不突然你给出了此生的边界
周期与焦点　椭圆与内外切
普通的命题导出了过多的误差
然而这错觉引领我们上升
女神分散了我们的注意力

5 晋 000101

我是说一个人的写作多么可疑
深刻的往往是另一个人
那种约会才是历史性的冒险
决非孤注一掷也不是随机应变
最重要的是按兵不动锤炼兵器

6 萃 000110

而约会只能是约法
也许连三章都嫌太多
情人们之间一次又一次的分手并非关键
在那个多雾多才又多恨的早晨
恰似一首复调多疑的五行诗

7 否 000111

这正是无需我们签名的开端

一个没有中心的平凡的对抗中心

正是爱也无法驻足的地方

正是爱的序幕与间歇

正是高潮也无法降服的阅读中的页码

8 谦 001000

而我恰似从不依赖灵感的码头
我只是畏惧大地苏醒时的力量
种种色彩试着调御最后的图景
种种声音仿佛从未得到过表达
迷宫中的将军彻夜行走在岸边

9 艮 001001

其实那场凌晨三点钟的雨就一直没有停
其实雨中传不出任何消息
战火中飞动的文明在喘息
造端夫妇的天地包容着无边的黑暗
旷野中归来的将军也只能假装休息

10 蹇 001010

是啊 必须有一个等腰的直角三角形
在完美的五种表达之后
突围的晶体与欲望的尘埃随机共震
相濡以沫的虚空才是卦外之希望
生命在此改造着最初的每一个阶段

11 渐 001011

至于平行公设可以先不管它
至于无序的悖反与有序的导论
它们一如既往的表达自己
仿佛键盘中的宇宙不厌其烦
而新约与旧盟其实并无立锥之地

12 小过 001100

我们仍然会优先考虑几何的连续形式
而光诺星解 对太阳的哀悼何其古老
巨红与白矮 黑洞才是永生的渊薮
乐以忘熵的哲人在大规模的矛盾中转移自己
我们已经不再需要任何精准的测度

13 旅 001101

必须忽略所有的细节

出秩入序 放弃宇宙的常数

我们是系统性的奇迹

那种广义的对称性丧失以后

我们才承认自己也是星星的后裔

14 咸 001110

而你只是不断地呕吐
在奇迹之后试图给出特殊的宁静
文明额覆 执今茹古
大规模的下载与盗版有利于康复
而种康的逆旅正是如来之行藏

15 遴 001111

而贫仆才是追随您最久的情人
那些闪烁的页码也真诚地致敬星空
少数的奥义侍者越过了万仞宫墙
稍纵即逝的抵达算不算和解
将军的坐骑勾勒出幸存者的谱系

16 师 010000

如此完整如此禁欲的放纵
哪有回忆录的写作契机
旋律一再重复就等于沉默的欢喜
也许只有拿破仑一世与洪堡的亲弟弟
才可能接受这种同时代的沉默

17 蒙 010001

而水到中流 习以为常
你也曾把一只流浪狗命名为玻利瓦尔
并且毅然放弃了另一个粗俗的德国人
创造了只有一条规则的终极游戏
南美的大陆送走了它惟一的黄金时代

18 坎 010010

那么洞穴该怎么办
柏拉图的多面体走露了风声
极限中博喻的浪子渴望回头
而尺规摹空　容易对称
毕达哥拉斯才是你们倒数的父亲

19 涣 010011

或许也只有母亲能够从容地走向人群

从情人们中间从海的平面以下

从欧几里得的接力与拼图中

直接把握那种超对称的平衡

而所谓善有善报不仅仅是一个全等的游戏

20 解 010100

而更加可疑的是今天

今天的降临避免了绝对镜像的干扰

天生的双手却帮助我们建造迷宫

爱人们为何总是在风暴之外哭笑

无论如何　阅读不可能中止

21 未济 010101

伴随着那种熟知的韵律
摊破的不仅仅是一部世界之书
将军一向把死亡看成是某种职业病
而昼锦春深　爱人夜行
任你娥眉善妒花落只能在花开处

22 困 010110

所有近东的清晨已经醒来
所有梦中的情人匆匆赶赴另一场约会
所有密不透风的爱欲突破了黄庭内外景
所有告一段落敞开它虚空的结构
那种结构拙劣的模仿菲尔多西的花园

23 讼 010111

而梦中也并没有所谓的关键性场景
一如无辜的镜子束缚于天地众生
任他圆周率已经精确到多少多少
倒数此率　回忆录如何可能
将军的坐骑与仆人也是同等的寂寞

24 升 011000

正是如此平凡的早晨牵制着多维的时空

梦镜交摄　奢侈的是单独进餐

破晓的窗外　在平原与浮云之间

无边的散木飘零了整整一夜

但也无非是万古江河的反复朝宗

25 蛊 011001

将军啊将军 最可惜镜子不能食用
您的错误在于不止一次地打碎过它
毕生的荣耀踩在您自己的脚下
也踩碎了您以全名发誓的南美的酒杯
这杯盏也曾经邀请过所有的墓中人

26 井 011010

你呀你呀 这并非我们讨论过的那枚镜子
那镜中玫瑰的边缘已经枯萎
而窗外掠过的鸟群惊醒了意中人
最初的发音练习也是最后一次表达
那破空而来的持镜之手何等无邪

27 巽 011011

破空而来的还有挑是拨非的音乐
鸟群飞动 推杯换盏
信音仰乐者无端陷入了顿渐之争
测不准那哀乐钩沉究竟有多深
最可惜音乐无史断代难通

28 恆 011100

后教主时代的乐器与人何等不幸
如同天亮时出走的受胎的牛羊
那种通过方言极力掩饰的忧伤
如何创造那种全身而退的挥手
一切真的就此结束了吗

29 鼎 011101

而音乐中早就创造了那种挥手的动作
想要抹掉那些纵横的十字路口
而成熟的泪水再也没有划落
不同于列宁的遗孀她们还可以单骑守候
积雪的火山才是地平线上的迷宫

30 大过 011110

将军的童年与暮年同时发展

一切未曾消逝的都要被重现发明

我们在迷宫中入睡以便在梦中醒来

天下的骏马破空而来

在拿破仑身边工作的日子并不构成回忆

31 姤 011111

是的是的　六爻无主而有神

五个随从无法接近惟一的主人

颠三倒四何等凶险

二五同功又是何等的谦卑

伟大的洪堡兄弟抛出了他们的预言

32 复 100000

而将军与诗人合体最善于空中接物
一群新入教的本地修女完全忽略了他
她们分发食物仿佛已经控制了话语的核心
光荣的代价是布施与行脚
抵达与守株待兔并不矛盾

33 颐 100001

而食物的来源始终是一个谜
吞舟透网的鱼王端居在海的中央
升降的洋流没有影响具体的自然
我们就是这样追随着她
追随着自己孩子的目光

34 屯 100010

而拉丁美洲的月亮升上了天空
那种月光早与本地的江河同流
迷宫内外的风景甚至如出一手
雪的消融抚慰了怒安天下的人
那建迷设宫者的长子而今安在

35 益 100011

更加艰难的是与西班牙语的斗争
成为哪种语言的天使困扰着你
我轻声呼唤着雷娜玛丽亚路易莎
她只在月圆之夜的挫折中出现
她何须扇动一双现实主义的翅膀

36 震 100100

而一切阅读都可能是坏习惯

没有人听说过那句伟大的格言

对手多年 分外了解

真理曾经有过多少主人

世界之布确实已被打开

37 噬嗑 100101

那种典型的属于十九世纪的繁荣与厌倦滋养着你
海洋与星空之间的虚无激荡着革命者的步履
应该从最不利于写作的角度来讨论历史与伦理
所幸还有正十二面体的垂顾
最后的新大陆迎来了最后的晚餐

38 随 100110

正是在如此崎岖的道路上剑履俱奋
星光下的孩子们才有机会在游戏中成长
哲人与哲人王的父兄们默默无闻
而左图真文　右史副墨
这荡荡无名的天地给出了美洲的王牌

39 无妄 100111

尽管我们惊喜于芝诺的运动
尽管还有多少未来的巴门尼德
尽管卢克莱修的位置已经不可替代
无论那种祈祷的歌声有多么真诚
真理还不是一样的灭点与剧透

40 明夷 101000

而普罗提诺已经重新走向了孤独
何等意义上的遗产分裂了道术与哲匠
洞穴内外只是个无伤大雅的譬喻
轮回与转世不过是为了保证几何的连续性
一切著作只能是这大手笔的副本与抄袭

41 赍 101001

而那种被唤醒的崇高毕竟是怎么回事
是维特鲁威在上栋下宇中唤醒的风雨
是革命与柯布西耶的走向新建筑
是我们谙熟的内圣与外王
是建筑与音乐统一了的乌托邦与桃花源

42 既济 101010

是那种天际尽头的平行线

是相对对称是不变互补

是这个时代唤醒的暧昧的量子观察者

可惜他们强化的东西仍然解释不了您

将军啊将军 天之历数在尔躬

43 家人 101011

您把自己也变成了伟大的贫仆

在瞬息万变的黎明的祈祷声中

在温柔顺从的创世之梦中

众多的情人退出了钟声笼罩的舞台

您是最后一个坚持步行到教堂的将军

44 丰 101100

一个与天使有缘的革命者
一个在教堂与法庭上如出一辙的人
带着成熟的环球理想简直是倾倒众生
王侯将相的女儿们为什么都信任您
番石榴飘香 苦楝树结果

45 离 101101

接下来 在倾盆大雨之后的宁静中
在星光低垂的海面上在失群的鱼龙中
在罗马的指针指向同一个数字的代谢中
在一生周旋愈发亲近的迷宫中
您居然是真的睡着了

46 革 101110

至于未来既是沉浮之常数
亦如理想之藏书与整体的阅读
恰似二阶之可导与一阶之不可导
恰似加勒比海岸之可微与不可微
未来　我们的敌人与朋友亲密无间

47 同人 101111

而持镜之人也曾经有一双伐柯之手
那种只属于贵族的自由与荣耀无法满足您
所有的巴黎与欧洲毁于阅读与行走
而写作才是万火归一的终极和平
而写作已然揭开了长征凿空的序幕

48 临 110000

而教堂的钟声似乎经常在雨声中
即使在最晴朗的日子里也像是一场梦
始终有一股送不出去的桃花扇底风
这风无论有多轻都足以使人就范
这风有时候仅仅是以爱的名义吹过

49 损 110001

这风也吹过情人与情敌们的故乡

何等的童年造就了你们星空下无畏的双眸

真姿凝雪　玄香试酒

春宽梦窄　句清敲玉

歌回舞尽的大夜中你们翠针行遍你们灵茧贪抽

50 节 110010

我是说将军的梦话呓语总该有个来源吧
那种无需校订的青春与使者权舆的方言
迫使我们同时交出左右随身的两只怀旧的表
伴随着战地钟声与无眠的天使与天命
将军想起了他与导师最初登山的细节

51 中孚 110011

多少殖民者试图否定玉米与智慧的起源

多少河流与矿藏不可能继续沉睡

旷古无人的大野深泽突破了世界史的纲要

混沌宣言　开放迷宫

星移斗转　憔悴先觉

52 归妹 110100

而南美的月亮只能升起在这样的星空
是谁说大地无主情深似海
是克里斯托弗哥伦布在黎明的绝望中
抛出了所谓文明与野蛮的循环
五百年来低垂的星空承受过更多的毁灭

53 睽 110101

轻些啊轻些 踩踏大地的步伐已经凌乱
原本属灵的歌舞与葬礼如今弹指消歇
那些本地的少年抛下他们幻觉的情人
抛下最初的誓言为什么也并不算背叛
他们必须拥有全部的祖国才能入睡

54 兑 110110

他们的遗产推动着洋流的升降

拒绝任何东西方哲匠的指点与援手

他们天生就在海边弄潮搏浪

就在日月双照的密林里繁衍

他们自身就是海就是浪就是森林与高山

55 履 110111

他们是墨西哥的孩子是委内瑞拉的姐妹
是哥伦比亚的弟兄是布宜诺斯艾利斯的朋友
是北方以北南方以南的父亲母亲
他们从二进制五进制六十进制中解脱
他们戴天履地居然从未强调过自己

56 泰 111000

正是这样的真龙洗尽了最后的凡马
而丹青难写的慈悲一样沉沦
高烧不退的祖国加持着她惟一的病人
甚至翻动了来自中国的药典
人百其身的替身死守住梦的窄门

57 大畜 111001

即使我们度过了各自的茫茫大夜
然而也只能无奈的清醒的分头行动
我是说就连物理学的宗匠理查德费曼本人
也一度踌躇于西班牙语与葡萄牙语之间
无耻然而有效的条约切开了世界史的任督二脉

58 需 111010

就这样万红破镜就这样抛玉推新
为什么我们只相信您指挥的战争
而南美的另一只兔子您的伟大战友
出生于一七九五年的何塞苏克雷
为何放弃表面凶险的海路为何迟迟不归

59 小畜 111011

无可避免的遇刺地点原本就在那里
不同的肖像画一贯是误解的总和
而萤火代灯　邀真无赞
没有一种告别能够重新发明她们的圣洁
某种特殊的时刻甚至连智慧都已隐退

60 大壮 111100

尽管我们不需要新的战争

但仍然热衷于发扬那种人心所向的孤独

逝者如斯夫环海皆山呀

写作从来就不可能澄清落款的时间

而战场上的每一次失败都仅仅只是预习

61 大有 111101

多么希望爱真的能够入药回神

而九辩难招 虹歇东盟

博览群书的将军宅兹三窟自定归程

一生的时间只是不够寻找我的爱人

无所事事的情人们在和平的日子里枯萎

62 夬 111110

而逃避现实的九万里长风
鼓动着批发死亡的天空
我们亲爱的将军味道餐风 绝地天通
最后一次与死神擦肩而过
享受着那种下定决心的自尊与虚荣

63 乾 111111

何其危险的职业又是何等光明的悬鉴
在此复数与虚数的边界在波粒玄武的北方
您走出了肉身拓扑的迷宫
而春近九重　乱云堆古
我们的将军毫无悬念地走进了命定获麟的春天

附录
马尔克斯作品系年

乙未 1955 枯枝败叶

丁酉 1957 东欧游记

辛丑 1961 没有人给他写信的上校

壬寅 1962 礼拜二午睡时刻

壬寅 1962 恶时辰

丁未 1967 百年孤独

庚戌 1970 一个海难幸存者的故事

壬子 1972 世上最美的溺水者

甲寅 1974 蓝狗的眼睛

乙卯 1975 族长的秋天

辛酉 1981 一桩事先张扬的凶杀案

壬戌 1982 番石榴飘香

乙丑 1985 霍乱时期的爱情

丙寅 1986 米格尔在智利的地下行动

己巳 1989 迷宫中的将军

壬申 1992 梦中的欢快葬礼和十二个异乡故事

甲戌 1994 爱情和其他魔鬼

丙子 1996 一起连环绑架案的新闻

壬午 2002 活着为了讲述

甲申 2004 苦妓回忆录

庚寅 2010 我不是来演讲的

戊戌 2018 回到种子里去

卷二

玄首九歌

夜则测阴
昼则测阳
——扬子太玄

在则人
亡则书
其统一也
——扬子法言

盖闻方言之作
出乎輶轩之使
——郭景纯扬子方言序

一九

1 中

从一开始人物就已经忘记了
自己只不过是心血来潮的创造之物
而生活中的作家其实什么都不相信

他们的书法过于完美几乎说服了自己
那种风格一再把他们从生活中强调出来
无论多么卑微与平庸都将被写入作品

生与活之间毫无保留的狂人日记
甚至把死亡也看成是某种零食
所有的细节如今都指向同一个谜

2 周

而疯狂的爱恨其实带不来所谓的灵感
那种傲慢的全称也将屈从于真理的打磨
那种珍贵的烦恼不可能被轻易的类型化

礼物一旦给出就将上帝置于大写的极端
飞动的天使被卷入流行的正义
黑暗中的宽恕显得愚不可及

至于亵渎也并非堕落的开端
那仍然是囿于生活与本能的偏见
我们必须再一次冒犯那种丰饶的平庸

3 礩

是的必须再次发明那种毫无价值的幸福
克服形式主义的干扰与晶体的诱惑
放弃那种创世契约的布道口吻

一击而中的游走于舞台与镜像的边缘
看上去永远在休息其实贪得无厌
从未满足于一个业余爱好者的身份

似乎把最好的台词都留给了别人
这取决于善恶交锋时的速度而非胜负
那种黎明一贯的玫瑰之雾纵容着你

4 闲

而生活也许是被契诃夫与易卜生
同时否定的不同的集合
可是没有人在乎我们错过的东西

没有那种一如既往的照亮可以保证
我们灵魂的苦难竟然轻到足以接受
从而能够摆脱那种廉价的同谋与拯救

为什么不可能回到文学
回到生活与下笔如神的统一场
回到最初的堕落与希望同行首选的地方

5 少

而一首诗难道不应该休息吗
晓看红湿处花重锦官城
那毕竟是明天的权利与风景

诗人难道不应该休息吗
在最初的深渊与燃烧的美德之间
在上升的暴力与日常消失的时刻

我怀念先知们联合行动的日子
我是说你必须作为一个消逝的文本
才可能赢得不朽的尊重

6 戾

事已至此我们却仍然在谈论生活
那种保险公司稚嫩的业务员口中
吐出了我们一生的秘密与难堪

那种花名册上的幸福数据触手可及
史诗与小说的鸿沟不可能就地愈合
但丁的三重奏最初并没有打算插图

多少韵律独步的转折与停顿
那种闪念浇铸的大规模萍水相逢
试图把风格转化为一种宗教

7 上

而你却要和我谈谈旅行

那种随时被流亡的俄语辞典

与回归的鱼群打断的火热生活

不可能在朦胧中展开一片真正的大海

而青春持久的倾听就此中断

狄更斯的雾都被爱弥尔左拉的大雪覆盖

这不仅仅涉及到如何再次成为读者

一五一六年的乌托邦严肃得可怕

上帝的眼中根本就没有不朽这回事

8 干

鹿特丹的伊拉斯谟只能奋笔疾书
褶皱中的光明迟迟不肯照亮必朽的人物
归根结底我们无法提供人物呼吸的空气

更何况那些饮食男女的欲望日益成熟
奔赴大海的决心与奔走大地的勇气交织交响
国王们的断头台唤醒了真正的精神渴求

历史的天空似乎一览无余
一切革命与全部的谎言准备就绪
莎士比亚早早封笔普鲁斯特已经入睡

9 符

我是说那种属于斜体花饰的荣耀与自由
已经被十二种基本粒子的归档彻底断送
目送归鸿的异教徒在服务器中安营扎寨

同时代的愚人颂只能是愚人节的恶搞
最后的晚餐满足不了环球旅行的饕餮订单
那种温和的挽歌让互粉在线的歌迷们困惑

至于天亮以后的公转与自转与我何干
强破镜弱重圆引力无波又何必动摇远空
愤怒的葡萄从全季无首的修辞中复仇

二九

10 羡

作为修辞的奴隶我们是该好好谈谈了
阴差阳错的吻也曾经击中果戈理的新娘
毫无疑问背叛首先从阅读中开始

而翻译不过是表面上的希望工程
云端中的异端从来都不穿裤子
玄黄的五溪衣服又如何从七律中解脱

足茧荒山无尽的细节扫描着液晶屏幕
煮屏失望的主人公不可能一次次转身
素数孪生的动态口令不可能循环发送

11 差

总有一天那些持镜考古的梦游者
将在鳞片中的月光里安顿自己
鸳鸯独宿他们的双手不总是徒劳

他们的目光一劳永逸已经与星光合体
带着被历代教宗审判的必要的天使
在茫茫征程与条条归路中相遇

那些年青人啊如今成长起来
那些禁欲的细节补偿了被夺走的整体
大手笔的曲率联络也不过如此

12 童

而持续的祈祷与不移的下愚两行
恒星的遗产吸引着以旅为归的人
即将越过边境的本雅明逼近了茨威格的黎明

何等自信的秋天啊功败垂成
银河系的动力臂挫伤了观察者的信心
拱廊计划其实起源于最初的凝视

争强好胜的暴风雨送来了午睡的清凉
飞动的鸟群仿佛抛出的石头
百分之百的阅读营造出一种帝国主义风格

13 增

我是说南方的哥特式神秘主义已经抬头
大梦沉浮的眼前人与杯中物何等慷慨
神谱错综的迷宫与劳作中的节日同时降临

有多少镜子就有多少贬值的天空
厌倦了玫瑰与死亡的天空如今抛出了镜子
丁香不结的愁绪创造着爱与分离

天真与经验的镜子啊无能为力
被爱摧毁的知识如今跃跃欲试
必然的风雨垄断了风雨中的消息

14 銳

到如今我们已经品尝过生活的滋味
那种抵达之谜与无知的哀乐相伴相随
交流的宾主娴熟的切换着方言与祖国

试着从沉默与留白中调动更多的力量
一举给出流亡中仅存的真诚与词根
不再顾忌那些语法的牵绊与伤痛

而所有的瞬间自成体系朋友们竟然原谅了
这个世界这个战火中飞动的文明早已谢幕
镜子就这样战胜了那个最后显现的人

15 達

我们学会了以永恒的方式来倾诉
来澄清我们那些特殊的关系了吗
那些写作的主题从来就不是生活问题

应该强化现有的而非了解新的
首席指挥在谢幕时黯然神伤
所有时代的荣辱都在指间流淌

而未必总是能够作茧新生
忘掉音乐吧那种未来我们承受不起
三籁权舆的天地炮制出庄严的撤退

16 交

而那些青春的身体伴随着暴风雨之后的宁静
抛弃了方言与祖国突然来到舞台的中央
怎么可能一下子就适应那种焦距式的进退

多少从容的歌舞已经消歇
战火中的春天无法协调那种祭坛上的旋律
虚空的容量也只有四分三十三秒

连扑火的飞蛾都遵循精准的数学公设
这世上他妈的还有什么奇迹
我鄙视无所不在的斐波那契螺旋线

17 奭

为什么总是马勒总是那同一个人
莱昂哈德欧拉取法于全部的数学
而我们仅仅取法于五个常数的欧拉恒等式

仅仅是一位专栏作者的寂寞还远远不够
旧大陆的心跳加上新大陆的疯狂远远不够
还有那么多我们无法取消关注的东西

那么多的洛斯阿拉莫斯与广岛不约而同
卦外之地一旦敞开成住坏空居然无恙
几个人带着湍流问题走向了上帝

18 徯

同样是在如此平凡如此完整的寂天寞地之中
另外几个人却意外发现了隐藏在
牛顿光学手稿中的三十一个疑问

独与WORD往来而不敖倪于WORLD
那种九疑天问的精神无损于巨人肩上的孩子
而我们的柳宗元又何必多此一举地给出天对

岁在癸丑的孩子们不仅仅喜欢书法
也喜欢万物归根分析综合的感觉
是的惟有希望留在了棱镜与光明之间

三九

19 從

那是蜜蜂引翅与玄驹初步的春天
是史前史中一切无名的动荡与关怀
那种空虚的野心有利于哲人与王者

那时候土地尚未吐出人定胜天的五谷
通灵感召的粮食与酒还在酝酿无穷
而硕果无眠的幻觉已经征服了交欢的宾主

或许文明以止的结晶也不过是自取其辱
苹果树下真理岸边难得你朝九晚五
系统内外的万物跃迁于顶点的彩虹

20 進

我的心我的心如今正徘徊于丰饶的歧路
尊今重古的舟人指点着江山一统
抟风搏水玄北图南鲲传鹏说如此这般

我是说我是说披衣传灯的人也许更喜欢
那种在黑夜黑体黑洞之外的第四种黑
那种无人抚摸之白的云门一字超对称

唯唯否否然然所有的交流都中断了
主人公迫不及待地开始阅读自己
三索天下的作者天然的倾向于解脱

21 釋

峰回路转的清晨我们必须再次成为一个整体
矩阵博弈的三重奏唤醒了你不可遏制的真如狂草
世界必须以某种个人的方式收敛于那种特殊的统一

神学与视觉上的焦虑从来不是因为同位素的拥挤
从新约到旧盟从 ALPHA 到 OMEGA 从我到你
从这些从到这些到没有一次例外这是理性的缺陷

这些遗产曾经以全部的细节对抗着道德真空
创造过离散与连续的手法仍然不能使你甘心
大规模的迭代与交换沉默于局部的纤维丛中

22 格

可惜我从来就不可能一鸣惊人
中庸四素的拼图与偶然爻守南山卦护中国
大隐无私的春秋笔法吞吐着多少元亨利贞

所有文明的秘密安全运行于绝笔获麟的春天
持续升温的服务器拒绝了最后一次搜索
那只能是刘易斯定义过的困难的第四种爱

而拒绝台词的业余爱好者是何等的真诚啊
那种业余的谎言导出了真正的问题
独觉朝彻的大宗师们心心相印却互不影响

23 夷

一如枇杷晚翠梧桐未必早凋
帝国的日常秩序暂时还不支持那种阅读
至于经典写作的关键性细节我们一无所知

我是说那种在易朽的媒介中达成的始一终亥
那种爝火不息的热情与说文系辞的先天气
居然还是不能与天地初始的道德直接对应

无论如何我们已经和盘托出了天才与奇迹
日居月诸莫名其妙他们最初的联合已经实现
劫火洞然的三分钟也不可能重新给出光速

24 樂

至于祖国持续的阅读就是持续的背叛
懒上高楼重温一部九译来华的罗马衰亡史
何不再问为什么是甲午随机的门捷列夫

气体选择了色彩而色彩关乎纯洁的道路
大白若辱的量子力学玩弄着猫与蝴蝶
达特茅斯的宣言进一步分裂着至少三个小团体

而沙场秋点兵人工闭关吹梦智能开放煮海
艾伦图灵注定通不过冯诺伊曼的测试
超文本背后的终极链接才是他们无法承受的东西

25 争

那么除了惨遭解剖的忧郁和虚构的热带
我们中心珍藏的东西暴露了吗
好吧我是说老约伯的限度与弘忍透支了吗

那种戴维劳伦斯自由出入的沙漠中最小的花园
尽管不提供什么服务但咄咄逼人的开放着
我们的激情也不过是边塞诗中冰火自度的芦苇

在上升中汇合的东西煎熬着最年轻的天使
六种绝望与十一种孤独燃烧着她的翅膀
与爱一同诞生的其实只能是爱神的厌倦

26 务

那种巅峰中的厌倦日夜锤炼着她的兵器
首先被打开的并不是盒子而是潘多拉本人
而我们的出现只是为了保证与希望决裂

黄金时代的那种序列隐瞒了太多的消息
礼物一旦给出为什么只能导向不幸
那种给出的动作才是不可挽回的吧

是预言与祝福打乱了山下的宁静
愚公所移之山与精卫所填之海如此具体
以至于忘记了真实的自然并非是一个隐喻

27 事

是啊一切算数譬喻所不及处才是我们的乐园
才是各自的奥古斯丁内在照亮的相逢处
才是三番山水的副本才是歌舞战斗的剧透

而乾乾履霜的君子似乎有千言万语
大观在上的园林里呼吸不到微言大义
我们只能把拳头看成是曾经张开的五指

轻些啊轻些帝国的寂寞关乎文体的尺度
系辞五尽天地四委不过是忧患前驱的仪驾
松下的童子安安静静地数着落地的松子

四九

28 更

如今我不再害怕重复自己赤裸裸的紧扣主题
由爱而一的埃克哈特如果真的带来了和平
文丘里的建筑就一定能够向困难的整体负责

而七日来复黎明出现得越来越早
所有的传统似乎都在某种神秘的作用下集结
牛顿与莱布尼茨的争讼果然是各表一枝的公案

魂灵九招的晚餐才是最重要的不是吗
历经天路漫漫的穿越不再执着于最后的夜晚
因果俱时的来自埃及的种子亦复归于尘土

29 斷

麦尔维尔必须给出无名之海中的鲸之白
北京有鱼其名为鲸白马非马亦复如是
信号再次中断您所拨打的电话已关机

互根同位的化学键始终处在种种关系的边缘
某些元素迄今找不到事实上的物理位置
也许根本就不存在那样的位置那种周期坎陷

人到中年上帝与比喻的关系渐渐成熟
游戏三昧的高手又何必把所有的辞典都格式化
沾沾自喜的回车键意外的粉碎了虚空

30 毅

而天下的盐却与奇迹平等对话
带着那种无始劫以来的无机物的自信
抛出七百种以上的周期自旋先发制人

是恒河两岸的死生对勘抛出了第一个问题
水瓶座的门捷列夫渴望过一百零三个藏身处
更多的先锋与后劲给出了八十八种存在巨链

没有一个预留的空位与我们无关不是吗
渐近自由的夸克并没有在速度与高温中就范
它们不可能轻易的在科学与宗教之间妥协

31 装

那么多的人都在鼓吹这条路有多难走
而沙与海互为镜像人们总是用熟悉的东西起兴
长此以往似乎就能征服导致绝望的比喻

那么如何才能与自己的作品取得合法的联系呢
达芬奇是少数几位直接取法于自己作品的人
轮回中的欢饮达旦灌注着丙辰壬戌的多事多才之秋

诗人们总是徒劳地在希腊寻找希腊
他们青春的身体不可能提供更年轻的遗址
怀抱鲸群的大海否定过多少虚构的高潮

32 眾

我猜你们也无法直接从音乐中转身
获得那种超载的加持与灵感自闭的启示
翔而后集的门徒暴露了筛海博喻的藏身处

多少理想气体在第二次实验中焕然夺胎
就是在那奇迹中的盐达到沸点之后
圣伊拉斯谟展开了他三体屡迁的一生

至于信仰持续的忏悔就是允诺的放纵
轻而易举的疯狂怎么可能照亮一间小小的缮写室
那些朝霞尚未点亮的天空引领我们入睡

33 密

起初也是你劝我不要温顺地走入那个良夜
你说过只有在写作中才会包容我的无知
一如底层的珍珠酝酿着最为喧嚣的孤独

偶尔放松的时刻甚至数学家也借助手势解决问题
阴阳赋格的平凡日子里爱情也不能拯救化学
是的你说过要回归那种真正的核心共价的元素

要跟踪全部周期的结果与多余的神秘气体
如何才能在世俗与化合物的震荡中保持完整
预表反切的巨人们总是倾向于全景式的沉默

34 親

真可惜并不存在所谓祈祷中的起手式
三代权衡的诸子雄辩仅仅用来清空自己
不仰不信的升座说法有时候也显得随意

上堂的方丈也曾经追随月光下的白鹭
那种洁净精微的苦乐决定了顿渐的速度
多少师恩浩荡玄沙图谶赞不及末后一句

你们啊带着天堂之高峻与地狱之无间
毅然走向传说中的人群与回放的人间世
或许翠微绝学问道无厌也未必就是全部

35 敛

至于梦里永远是繁星密布的西西里岛
你始终徘徊于公元前的丙辰戊午之际
藏身于恩培多克勒芝诺与希罗多德之间

既然否定了交流又何必挑战巴门尼德
甚至从未倾听过任何具体的人
但往往又比任何人都更尊重对手

作为修辞与现场的父亲你过于自信
但这有什么错呢你们渴望着不同的美
而真理似乎早就习惯了装饰那个偶然的海伦

36 彊

人群中的高尔吉亚就这样选择着他的听众
无意间创造了他的 MYTHOS 传人与 LOGOS 对手
那种所谓的精神盛宴与爱欲丰盈也不过如此

那个引起争战的海伦一直都在提醒我们
灵魂的真实处境那种合法的赞颂伤害了谁
而哲人王并不需要一个特殊的女性视角

逢场作戏的大慈悲心调整着巨人们的脚步
被净化的不单单是道路还包括我们的敌人
柏拉图之后我喜欢上那些洞穴内部的人

五九

37 眸

这一次是早已习惯在高处行走的丙辰无疆的
贺拉斯引领着那个自罗马建城以来的壬戌无逸的
提图斯李维竖起了他们的纪念碑

那么这碑与建筑在长城上的卡夫卡的巴别塔有何区别
父亲啊我灵魂凡尘的主宰作为荣誉的源头
您那摧毁一切障碍的权杖如今掌握在谁的手中

青山入梦的万古春藤覆盖着经血滋养的土地
天行博学的圣哲试图创造一些对话的人
而蕴藏于万物的四大却始终沉默得可怕

38 盛

无论如何这一切并不影响你的赞颂
城邦的学者才刚刚从继承的诗艺中缓过神来
战神清洗过的长空已然适应了彩虹

那种盛大的凯旋冲击着笨拙的左手
即使在黑暗中也试图摹写未来女神的容颜
带着所有大陆的赐福那神圣的海面又怎能平静

最好是远离那个在海边玩耍的孩子
他的直线平行线抛物线脱离了万有引力
交换着一切历史与代表人物的朝闻夕死

39 居

是啊谁不渴望亲近爱默生眼中的六个人物
那个因爱而生以默天成的美利坚第一读者
鼓动着从格律中刚刚解脱的紫藤花下的惠特曼

你说什么绝对零度才能克服那种强劲的北风
那种飞流急下的双重譬喻分享着日常的秘密
没有一种生活能够笼络面具背后的荒原经理人

可是如今温暖的海风吹动了多情的双眸
城邦初始的民主进一步向着失败信步
建盏推心拆碎七宝停火的老窑也曾深深祈祷

40 法

必须从无所事事的不断偏离中回到中心
没错正是那个在摹仿中登峰造极的奥尔巴赫
早就说过关于平凡的世界我也只能说这么多了

我也曾在全面碧波的莲花深处听法
那种作为传统的虚空折叠为何反复加速
入则无法家拂士出则无敌国外患者国恒亡

如今这必朽的事业也纠缠着我
让我走向一切经典中犹豫不决的生活
任你分灯指月的人拈花笑骂对答如流

41 應

那么你确定这就是属于你的句子吗
那个要使冰寒于水的人如今逃离了修辞
献给诸神的牺牲却浑然无知的在快乐中成长

我是说那个龙虫并雕的人其实往往束手无策
奥本海默在他的信号与系统中尝试着成为对立的主人
悬而未决的辩证法在彻底的焦虑中没有帮助过任何人

曹溪路上并无风景长亭短亭不管你睡还是醒
将军的青眼在红紫之外取消了一切有意义的行动
而大卫王在弹出那个禁忌的和弦之后关闭了也门

42 迎

我们总是无法避免粗糙地使用光这个概念
麦克斯韦的大规模对称不仅仅是为了解决问题
或许他不该闯入盲人的世界不该多此一举的照亮

我喜欢纯粹的高斯他使数学重新成为了古典学
与歌德同庚的拉普拉斯甚至无法向拿破仑保证
总是以胜利的世界史向他暗示某种合作的可能

不朽总是如此意外地伤害那些亲近真理的门徒
那个寿陵的孩子曾经久久的玩味时尚与故乡
无视玉垒浮云与北极朝廷一再变奏一再遗忘

43 遇

那枝属于但丁的离弦之箭如今徘徊于芝诺的虚空
斯宾诺莎的伦理学犹豫着要不要打碎连环
始终还差一步就能给出善恶互体的陌生全等

我偏爱那种大战前后的宁静与克制
至少阅读已经完全失控写作与忏悔彻底混淆
连珠誉矛七缀夸盾恍惚间就到了瑞典那一站

所有的海岸线已化作代大匠积分的标准图
阅尽千春的曲线也臣服于不等式中的实体
弦论无端大招无量何不取法于多项式的逼近

44 竈

可不是吗时间的道具已然逼近了五星酒店的前台
问题是简体字中并无风月三生石上何待落款
以此洗心退藏于密你一定也熟悉那张图吧

这是属于休宁戴震与约翰高斯的一七七七年
随后解密的东方语言学未能使世界完全互补
安格尔的回光返照与克劳塞维茨的兵法并驾结盟

诸神就这样沉默着也并没有就此退出舞台
黄金白银青铜黑铁不过是英雄迟暮的蒙太奇
大地上的事情困住了火山论者也难倒了火神

45 大

那些多样性的化石与沉睡的诸神毫无关联
电台内外无辜的主持何曾相信过白头偕老
同时代的困惑成就了无手可执的连环妙计

垂象横行不可一世的楔形对读给出了完整虚空
左昭右穆的太阳世系统一了瀑布上下的古埃及
恰似数学中的左右极限召唤着吉凶递归的函数

而序列比例中的空隙仿佛林间空地的绝对入侵
你却偏偏要承诺这种于一切无限处的道手双援
引领我们在无限集合的悖论与导论中求和求饶

六九

46 廊

那么多的人都屏住了呼吸以为就能够引领自己
可惜风雨江山左图右史之外弹幕间闪过不得已
雅克阿达马的矩阵不可能帮助任何人反复纠错

那个丙子独觉的处在李时珍与加尔文之间的
康拉德葛斯纳持续走神观察得入了迷
那是一五一六年春天万灵受胎持盈的时节

而线性偏微分方程中其实并没有什么致命的联盟
测不准他卢克莱修的字里行间难道也危机四伏
雅典三颂的神庙何时成了游魂无主的停尸处

47 文

至于你说真理之间最短的路径是通过复数域
那正是我们烂熟于心的圣经与自然之书的古今之争
而善执者无古今善抱者无内外善听者无生灭

何必回放回听任他系统封闭的回声误导着你
教下宗门六尘吞处哪有什么两岸三极
那个击键触屏宫商调神的人迎来送往回车而已

赫尔岑与狄更斯的壬申前戏就这样毫无悬念的
指向了金牛座的列宁而尚秉和的易林却同传自守
阮毓崧的南华真经刚刚翻开了势不两立的一八七〇年

48 禮

而且完全与近代史同频那个声律启蒙酷爱对仗
发上等愿向宽处行的左文襄公与他伟大的战友
胡润之将军联镳踏杀揭破了一八一二年的皇极旧历

出行万里不见其敌哪知道对手在九服八荒之外
次年癸酉出场的刘熙载全面总结企图从六艺中突围
与此同时广东本土的先知洪秀全早已经迫不及待

是啊是吧无中生有生日多少星期超辰运命不仁
教堂内外钟声四起西方音乐史上的天才大规模爆发
四个四重奏中的马恩交响惠特曼与李鸿章呼之欲出

49 逃

就这样在世纪更迭的史诗般的混乱中
后浪先觉的纯粹意志的使者也几乎迷失了方向
那种与圣哲潜修密证的能量交换一度跌停

居然忘记了道家的根基在于拒绝
天数地据的夸夸其谈中一直无法处理那个零
三教合一的世俗安慰仿佛整数对自然数的合法继承

星际沉浮业海休闲料不到他双曲与椭圆
尺规摹空的正十七边形何必贪恋一百一十九条对角线
二千七百度的内角和无限同情三种非欧几何的背叛

50 唐

游戏开局以后你总是无法回忆
贪今践古的职业经理人只是轻轻地说了一声开始
渴望参与道具分形与玩具自溺的道器之争

船已开动我在水上一直向西就能从永恒的
运动中赢得失去的时间这一次我可不会再惊动你
律吕唇吻的天使如何与人间人感应

除非是天下的沉浊引出了庄语除非素问与灵枢合璧
带着南方的缘起与北方的性空从劳作中解脱
带着最轻最亮的一苇初心把属于你的消息埋藏

51 常

就这样法中听法在爱的文献学中堕落
在摆脱模型以后的物理学中自由落体
如同一个没有安全感的吻创造着全新的风暴

保罗狄拉克一意孤行扰动了自定义的海平面
量子复性我自庄严肝胆双照的真空也沸腾了
那个大写的 E 却狭隘地加速以爱因斯坦为刍狗

而天书破空里尔克的十四行与俄耳甫斯分道扬镳
原子的内部何其空旷未知的中心否定了全球化
凌晨三点以后我们不提供任何真理的最新体验

52 永

事实上没有一种隐士传统能够解释

法兰西的革命为什么总是姗姗来迟

阳光下的孩子无须向任何意义上的虚空致敬

秋水春冰试问哪一种信仰不是零存整取

天堂地狱一时消灭但丁何曾表达过自己

流亡的诗人与革命者仍然相信绝句中的峰回路转

虽然日比月兴邓林在追逐中怒放

阳春白雪以讹传彩渔樵落日一梦封神

辞海中决战的哺乳动物自定年谱吐纳推新

53度

是啊伊壁鸠鲁破除了史诗中局部的迷信
千亿个太阳也替代不了洞穴中的小小火焰
有多少七千行以上的圣歌无法献给任何人

阿提卡的方言在嘲笑中锤炼着天使粒子
任何大写的单词都不应该被黑体强调
费米的中微子八分钟后抵达了恒星垂顾的家园

而母语总是从最初的分裂中确认世俗的节日
黄金分割的那个点也许正是困难所在之处
一任你手谈的金角银边最后衰退的才是音乐

54 昆

今夜注定无人倾听是爱扰动了我们的自然哲学
至少被九种语言同时译赞的量子纠缠抑或是
笛卡尔在与不在都无损于摇篮曲中母亲的呻吟

你这世间惟一的女子与春天超载的后土感应
物理内外的世界与修辞中的幸福天涯比邻
写就写了爱就爱了感谢您的耐心等待

一切天堂大海的踊跃随喜深入定慧的三摩地
你弱羽擎天带着万岁参同的消息久久不归
为何又催动三代的玄鸟反复下降一线传媒

七九

55 减

如此这般殷勤问我病树前头律法双修
也不过是一次次死生沉滍的试唱练习
无量贤劫的山水意外卷入一八四八年的宣言

泰山必胜之外往往又追加上轻鸿必死
脱离圣经的世界没有一种形式可以让我们休息
那个劳谦自牧的君子如今解禁于拓扑绝缘的晶体

而相思一种作茧自缚的摄影师遗忘了他的爱人
九一一确实和我们无关但刚刚好就在那一天
我抽刀断水对花还写最高楼上的东风第一枝

56 唵

多年以后当我玩味那些无法兑现的承诺
全季浩荡的慷慨与邀请将我唤醒
赤身劳作与战斗中的诗篇严肃地对待读者

春夏之交的生灵未能相忘于江湖
远在航海时代之前洞穴中多余的歌舞
就祝福过八千里路上的过客与浪子

行行念念成熟的忧伤献给了迟到的爱人
红与黑之间的司汤达只能带着镜子上路
一如圣殿毁坏之后的犹太人带着小提琴流亡

57 守

而傲慢的诗人怎么可能遵守写作指南
他们在行动中偏离在偏离中遍历
祖武符刘备于玄德何吕施张布展奉先

他们准备展开的阅读仍然注不满一只圣杯
年长的门德尔松与理查德瓦格纳水火未济
总谱表明达尔文果戈理爱伦坡都参与了己巳协奏

第三帝国诸恶奉行纯粹的地狱竟然以音乐洗牌
人类啊类人你们类与不类相与为类你们倒钉十字
在黑暗中创造道路为何却在太阳底下误入歧途

58 翕

这就是所谓彗星预表的战争与和平
神来鬼入云何降服其心为何两次上诉
采风希绝之际的轺轩后使为何不能回到文学

全部的人性注定要从世界之布的东方垂顾
爱恨双遭的一九一〇年托尔斯泰越发保守
或许人类从来就没有资格解决某些问题

歌哭喻守人涉卬否即使作为修辞的主人
也不能避免在中世纪的森林里睡意沉沉
我是说但丁再也不能私自向俾德丽采祈祷

59 聚

平淡无奇的一九六七年并不需要一个纲领
为何罗伯特朗兹捕风捉影偏要在棋局已残的
世界中指出引渡我们的微茫的第四颗星

一年当中至少有二十四天应该早睡
可惜上古天真并未强制早起的时间
平人气象如此我们在运动中毁掉一个个圆

毕竟四大名著里的菜谱才是五蕴皆空见脏腑
而君子以上的三种人根本就否定了御风飞行
所罗门的歌声也一度中断在荆棘与百合丛中

60 積

是啊我们徒劳捉影我们捕风无功
我们赞颂三教的关怀毫不厌倦他们带来的风雨
近代的作者尽管颠倒了信仰发生的次序

却依然能够在困惑的中年突破酸碱的裹挟
以至于辩证法的黄昏来不及树立他的偶像
玉门关外委屈多少豪杰赤县神州商量大乘气象

料不到娱乐至死凡圣同居不消一曲杨柳枝
眼看他环球旅行的计划前三三乐水后三三乐山
就这样蝶交粉退纸上床边玄听九宫内外的胎心

61 飾

说时迟花开两朵无情表法的猎物尚未诞生
伯罗奔尼撒北部的合唱也一样是悲欣交集
你们带着原始的饥饿徘徊在旧大陆的分类学中

收视反听你是在希腊的意义上出卖奇迹吗
天亮以后参商互训的悲喜剧大师也将休息
保持队形的披衣人如此神秘仿佛没有受精的混沌

那时候珍珠无名塞壬无歌神圣无体妙行无住
慈海梯航的梦中情人支持三极的探险轮不碾地
而一九二四年的贾科莫普契尼来不及彩排谢幕

62 疑

总会有人闯入阿基米德纯粹的花园
不过他们首先会同时哀悼罗马和纽约
脱离了梵语法句的慈悲送我们远走

药食同源染指流年载沉载浮恐迷恐颠
三段论中的苏格拉底一直在循环中提问
巴赫的六首无伴奏大提琴组曲因果对称

可是列夫朗道的恒星最先违背了能量守恒
可是直觉中的方程罗庚罗素以引以翼
帮助我们陷入一个业余爱好者的沉思

63 视

还是在那个无明无无明的布克哈特的一八一八年
屠格涅夫的父与子冲击着热力学中的詹姆斯焦耳
显密极端的初始条件进一步摧毁常数平移的岛屿

是不定式的沉默缓解了经典力学中的焦虑
散步的哈代让我们追随苔丝追认拉马努金
西蒙娜薇依安德烈韦伊双流巨赞一逗到底

离家出走的布尔巴基学派重新发明了神话
从一般的不朽到特殊的朽他们念动了真言
巴勃罗聂鲁达岂能承认其他人也历尽沧桑

八九

64 沈

又何必拒绝暮色苍茫中爱欲噬嗑的舞蹈
何必在泪水中倾听万古江河的深沉低语
堆雪排空之浪如今已不再拍打你的无眠

那上升与下降的每一个阶梯都有它特殊的命名
并且保证了你曾经的疯狂也不会为此而辩护
哲学的牛津与经验的剑桥坍塌于一点四四倍的白矮极限

虽然青黎素曼左顾言他提问就是回答
一言以蔽之我们以土还土以水还水
以玄黄还神圣的真空以阴阳还永恒的火

65 內

至于人类的工程畜艾玄圃大约骃中大赦彪外
五分之一属于一一五五年的秦桧李清照
八分之一属于一五五五年逸真无赞的仇十洲董玄宰

七分之一属于一六五五年的蕅益智旭李中梓
以及三种灵魂的伽桑狄六分之一属于古希腊与巴比伦
二分之一属于一八五五年的高斯与一九五五年的外尔
　爱因斯坦

九分之一属于一七五五年的孟德斯鸠与全祖望
三分之一属于意大利的费米新大陆的费曼
最后的最后才是那个和以天倪的属于音乐的四分之一

66 去

若有一人从庚申到庚申行天路者半干支
以六分之十一的热情追琢丢番图的绕口令
那只能是多元回归中的交互作用

是打破与真理对称的渐近必由之路
是藏身处没踪迹是没踪迹处莫藏身
怕只怕乾坤凿度千剑千曲谬托知己

如此轻易的就迎来了形而上下的任意起跳
宏观的专注似乎特别要求一种非连续性的等待
宋元明清后皇朝至此完文本相变实现了绝对零度

67 晦

那么你所谓的特殊就是打破连续守恒吗
可是分子怎么会知道极限逸度的配分函数
九点圆同位旋可惜方程悬解未有收功处

那么你藏好了吗姗姗形影夸克平生我来迟
斟经酌纬标志虚无与真理的伤口渐渐愈合
巅峰中的旋律毕竟如何慢就是高潮就是快

又何必把全能的王牌与后缀的物理也谱入新约
何必揭露灵的编年史至少是三种索引的堕落
一树梅花一祖国裴陆荣翁也要警惕心心相印

68 蕾

还没有藏好你就贸然出手是谁说话不算数
死而不亡遗而不忘楚弓得失好人好梦
就算是琥珀初成也还有那么多的工作需要去做

一九〇〇年以前的希尔伯特何等自信健康
闯入不抢一秒的世界对着街上遇到的每一个人
讲解灵魂的第三种形式携带着不可承受的自由

也许当然一次次只能是我错错错
至少您留下的二十三个问题获得了部分解决
可是壬戌同胚牧神午后的德彪西该怎么办呢

69 窮

难道从此心安理得在单位圆与连续统的
高压禁忌中坦然走向零售与批发的大道
DNA 与 RNA 之争不了了之脾胃乃后天之本

是啊圆而拙拙乃神神则久久能逝逝可反
这些代表人物之间为何却难以互相理解
虽然鱼戏六合彻底唯心永动机真的过时了吗

大学之道在求之不得维仲山甫善亦不茹恶亦不吐
我是说乌斯地的那个人或许指涉那颗苹果
冬泳的人也将上岸的地得我一向只取其发音而已

70 割

也许正是你挽留过的相机拍水不甘此水全归海
五眼五限的二十八祖出没于灵台氢闪的明夷
虫鸟告退六书方萌李凭在中国弹起他的箜篌

而比兴贵闲同一个瓶中走出了三位克莱因
渔人育津的处处志之恰似当初告别了伊甸园
定格独绝的蒙德里安困住了契诃夫变色的宠物

总是自带中心的圆忽略了三角形的六颗心
真山无雪献给詹姆斯伍德批评过的托马斯品钦
真水无香献给费尔南布罗代尔净化过的地中海

71 止

就在昨夜色雷斯的风雨又吹打故乡的森林
塞浦路斯的女神习惯了大陆与海洋的斗争
如今我们需要一个彻底的无神论者赞颂您

如今那被封入永恒的睡眠要求我们觉醒
热血倒灌全息扫描初开绿叶阳先倡
道海下流真文副墨次发红花阴后随

如此红尘煮石红楼隔雨问桃花何必红如此
那么灵魂深处闹革命又何必迁怒于输入法
成也共轭败也共轭就这样调御各自的守恒

72 坚

只有在庄子的世界里脚才比鞋子重要
三宅轮奂至少对应着三种以上的流浪
伯努利家族证明不了普遍的奥德赛之旅

至于尤利西斯那是意外的灯塔与守灵
料不到疯狂的马克先生的三夸克
已经诱导着盖尔曼的哥哥指给默里看

那个预表的单词 QUARK 就这样灿而且烂
近水远渴排中上出企图超度相濡以沫的资本主义
俞任袁柳任他神策玄秘把传说中的龙门点破

九九

73 成

我们家小朋友幼儿园时都考双百
哪一个失败者当初不是乘兴而来
可是巴勃罗毕加索从未像儿童那样涂抹

过剩的天才不过是广告中的营养专利
汗水与挫折早早被洗洁精与经理人否定
玉衡璇玑一时停轮格丁根的散步仍在继续

时空偶尔也像个礼物一会属于黎曼
一会属于闵可夫斯基而那个奢遮的壬戌按钮
只要退转一格尼尔斯阿贝尔就会和雨果相逢

74 阕

这楼上野草的寂静如今已独享了我的欢欣
是怎样的挫折与荣辱给了他幸福
让我们在散步的时候活在彼此的祈祷之中

甚至像外科大夫那样轻易的打开
打开一颗冰冷人生中跳动的曾经作为源泉的心
而乐府采莲绝句采药登山的马勒绝不滑雪

甚至就是在那种矛盾的稳定性中力挽狂澜
可是我怀疑大型交响中的嘤宁如何达成
与这个世界的和解更别提过度阐释的疯狂

75 失

方程知道的更多并且偶尔也帮助指定的弱者
让中世纪的狼想想算算永远看住此岸的白菜
以便让那只被选中的羊平安过河

料不到他教科书中的风雅暴君夺我胭脂山
使我妇女失颜色以至于五星联珠的日期
不断被推后到小数点多少多少位的今天

尽管如此似乎也不应该像蒙田那样
为了同一件事情随时哭笑又随时怀疑
我若一向举扬宗教购物车中须草深一丈

76 劇

这世界已然满足了毫无风险的自恋
阴平阳秘的吴刚砍伐着达尔文的生命之树
出离死生的西西弗斯推动着彼得一击而中的石头

苏黄米蔡取其平仄欧高黎嘉陈方便步韵而已
排名不如序齿苏不是说过吗认识你自己
大范围退省内观微分慎独的时代开始了

纤维丛中的自守形式毫不犹豫的定义着春天
那些与古代夜晚的寂静平行与父亲的
神圣沉默全等的诗神从未放弃过我

77 馴

看着你向我走来就知道无穷维的初心
已经收敛为一点而大地上的礼物已经越度
我们是混沌的孩子同时也是混沌的父母

我忍不住赞颂文字与数字对我来说
还没有意义的那些也许并非虚度的日子
那时候大是大师的大师是大师的师

而最近三天的朋友圈不可能另存为回忆录
起七七终七七勾股弦之数五十其用四十有九
被费曼重新发明的量子力学仍然是本征值问题

78 将

是啊尽管七曜同宫可是一代有一代之冬至
冬饮汤夏饮水周礼六饮并没有一个茶字
正所谓万物未相见苦荼将饮时如何

而南水北调我默念尔雅当中所有的心字结构
悦于文而字得其解可是没有一种文字适合
一直含在口中它们离开万物已经很久了

若将飞而未翔建安七子只能导出竹林七贤
井收勿幕竟然综合了未济与既济的大欢喜
磁极对迁试问谁又能写出一部三代数学史

79 難

我还是偏爱一切基础学科中的那种困难
它们使人平静无能绝望使人忍受平常心
走运之时却又能引领你抵达无尽的前沿

我也曾久久的玩味一张异域甲午的维恩图
那种静态勾勒无法说服夜幕低垂的万家灯火
你们的同时代湮灭于广狭二义的青山青史

还包括你们的鸽子不过是神谱中的飞奴
它们带着更多的非理性和平盘旋于象牙塔尖
而毁弃的巴别古堡此时正好是交易的中心

80 勤

此地似不宜久留六鹢夏五温柔在诵
到处若本地风光十翼三绝进退此生
其勤其勤方州部家抱车负舟劳而奏功

上章涒滩万岁庚申低于海平面究竟意味什么
爱而不见万物渊献皆修其精气大循其性情也
反复不衰的尼安德特人走走停停用永地于新邑

虽然正交互补主观粹纯理发师的悖论太扫兴
三十六计从人则活七十二变由己则滞
可不是吗贾路娄危那只能是一条天路

81 養

是啊不可能也没必要再这样写下去
诗酒趁年华就是要提前学会颐养天年
新天旧地鼠王嫁女作品一旦骰出都会大打折扣

击键分行之外哪里还有真实的脚印
无论你什么样的传奇都会被节日卸载
封印黑洞植树彗星出入无疾是真采者

虽然性与情我早候白果与因伊更候黑
我们庆幸道隐无名最后是概率保护了时空
还是那句话登山时才能遇到登山的人

跋赞

春／少阳

午梦脉山准水,天地或常有大美而不言者多矣
而脉之传承,天人二分,在人则为血脉昭穆
在天则为天理流行,正义疏凿,未尝舍乎昼夜

夏／太阳

然则脉之不传或有时而可商,此银汉所以为浅也
夫脉活则生,不息于两间,与流水同观而共盈也
而永恒不可能纯粹抽象,正是此水之惟一奔涌

秋／少阴

至于三参之人,何其偶然,一旦涉水,全面同流
水哉水哉,何取于水也,流水今日,明月前身
后起之秀独步两岸,脉脉无言,感恩那种浩荡的赐福

冬／太阴

虽然，你也不可能再次踏入同一条河流

永恒脉伏，潜修密证，而此心同舟，盘旋于九宫矩阵

如此则惣谱中的万古江河亦不过是天一所生地二所成

图书在版编目（CIP）数据

九疑集：真文与副墨/ 贾勤著. -- 上海：上海文艺出版社，2023
（艺文志. 诗）
ISBN 978-7-5321-8521-4

Ⅰ.①九… Ⅱ.①贾… Ⅲ.①诗集－中国－当代
Ⅳ.①I227

中国版本图书馆CIP数据核字(2022)第202697号

发 行 人：毕　胜
责任编辑：肖海鸥　李若兰
装帧设计：常　亭
内文制作：常　亭

书　　名：九疑集：真文与副墨
作　　者：贾　勤
出　　版：上海世纪出版集团　上海文艺出版社
地　　址：上海市闵行区号景路159弄A座2楼 201101
发　　行：上海文艺出版社发行中心
　　　　　上海市闵行区号景路159弄A座2楼206室 201101 www.ewen.co
印　　刷：苏州市越洋印刷有限公司
开　　本：1092×889　1/32
印　　张：5.375
插　　页：4
字　　数：78,000
印　　次：2023年1月第1版　2023年1月第1次印刷
I S B N：978-7-5321-8521-4/I.6718
定　　价：39.00元
告 读 者：如发现本书有质量问题请与印刷厂质量科联系　T:0512-68180628